ODE

A

MONSIEUR NECKER,

MINISTRE,

ET DIRECTEUR GÉNÉRAL DES FINANCES,

Par M. R*****

Se trouve à PARIS,

Chez BUISSON, Libraire, rue Haute-Feuille, hôtel de
Coëtlosquet, N°. 20.

1788.

O n vit lés Grecs , aux murs de Troie ,
Quand tout cédoit à ces guerriers ,
Tout-à-coup suspendre leur joie,
Tremblans sous leurs propres lauriers.
Est-ce Mars qui les abandonne ?
Un héros, aux champs de Bellone,
Du trépas subit-il la loi ?
Quel revers a pu les abattre ?
Achille cesse de combattre ;
Son repos fait tout leur effroi.

AINSI , NECKER , la France heureuse
Sous ton régime florissant,
A ta retraite désastreuse
Dut tous les maux qu'elle ressent. [1]
Sa puissance étoit raffermie ;
Des vautours la troupe ennemie
Respectoit ses riches tributs.
Tu pars : le faste , la rapine
Se disputent notre ruine ;
Et triomphent où tu n'es plus.

PRÈS de vous, quand le sort avare
Place un Ministre révéré;
ROIS, gardez un trésor si rare :
C'est un bien public et sacré.
Vainement, pour régir le monde,
Une politique profonde
Inventa cent ressorts divers :
Ce vaste appareil qu'on renomme,
Vaut-il le pouvoir d'un grand homme
Pour le bonheur de l'univers?

———

CONTRE un État foible, mais libre, [2]
Un Ministre osa tout mouvoir,
Pour y détruire l'équilibre
Qui donnoit un frein au pouvoir.
Malgré sa haine impatiente,
Ton aspect, ta gloire imposante
Retenoient la foudre en ses mains.
La scène change : ô barbarie !
La liberté de ta patrie
Tombe sous ses coups inhumains. [3]

Vole au rivage de la Seine,
O Nymphe du Rhône outragé !
Plains ses malheurs; montre la chaîne
Dont un bras cruel l'a chargé.
Quoi! des Lys la tige affoiblie
Se courboit sans sève et sans vie ;
Un Genevois fut leur appui : (4)
Et , quand de Genève agitée
L'aigle gémit épouvantée , (5)
Un François l'accable aujourd'hui!

———————

Loin du Trône et de ses orages,
Loin du monde et de ses plaisirs,
Ton repos fut celui des sages,
Laborieux dans leurs loisirs.
Qu'un mortel d'un esprit vulgaire
Perde une faveur passagère;
Il perd tout, et tombe sans prix.
Mais ta gloire est toute en toi-même :
Tu fus grand près du diadême;
Tu l'es encor dans tes écrits.

Il est un immense Dédale,
Où, jadis, dans l'obscurité,
Régnoit la SCIENCE FISCALE,
Qu'inspiroit la cupidité.
Le désordre et l'inquiétude
Erroient dans cette solitude ;
Le mystère en fermoit l'accès.
Tu t'armes ; tu forces l'enceinte ; (6)
Et de Thésée, au labyrinthe, (7)
Ton courage obtient les succès.

———

Et vous, politiques funestes ;
Vous, moralistes dépravés ;
Lisez : et dépouillez les restes
De vos systèmes réprouvés.
Sans morale, sans foi publique,
Qu'est-ce donc que la politique ?
L'opprobre, l'effroi d'un État.
Le Trône est fait pour la justice :
L'infidélité, l'artifice,
Font un monstre d'un Potentat.

MAIS, quel charme nouveau m'attire ?
Tu n'es plus l'organe des Rois,
NECKER ; c'est un Dieu qui t'inspire :
Je t'écoute, ô céleste voix !
Saints accords ! sublime harmonie !
La vertu commande au génie
Ces accens purs, dignes des cieux.
Tel Achille, en paix dans sa tente,
Des sons de sa lyre éclatante
Charmoit les hommes et les Dieux.

———

ACCOUREZ, Leibnitz, Mallebranche,
Clarcke, Nicole, Warburton ;
Toi, fameux Évêque d'Avranche,
Et vous, Pascal et Wollaston :
Venez, grands Maîtres qu'on respecte,
De tout pays, de toute secte,
Vous instruire dans ses leçons.
Sa main glane après la science ;
Mais, j'ai trouvé plus de substance
Dans ses épis qu'en vos moissons.

Il sut, par une chaîne aimable,
Unir au fond de notre cœur,
Comme un ensemble inséparable,
Dieu, les vertus, et le bonheur.
Puissance, dignités, richesse,
Que pouvez-vous, sans la Sagesse,
Pour fixer un cœur agité ?
On vous recherche; on vous contemple;
Vous êtes l'idole du temple;
Elle en est la Divinité.

La paix devroit orner la terre;
Les crimes viennent l'en bannir :
Au monde entier ils font la guerre;
On doit les craindre, ou les punir.
Tout devient peine avec le vice :
Plus d'ordre, de loi, de Justice;
Ce n'est qu'ennui, trouble et danger.
Mais la vertu rend tout facile;
Et du monde, à ses loix docile,
Le sceptre sembleroit léger.

Va, remonte vers ta nature,
Esprit de l'homme, enfant du ciel!
Necker a vengé ton injure;
Et tu peux te croire immortel.
Quoi! l'esprit seul, puissance active,
Régit la matière passive;
Elle est morte; il anime tout:
Et je suivrois l'erreur impie
Qui prive l'ame de la vie,
Quand le corps grossier se dissout!

———————

Ces fiers mortels, sous qui tout plie,
Les loix même et l'opinion;
Comme ta prudence les lie
Au joug de la religion!
La pitié chez eux semble éteinte;
Leur pouvoir repousse la crainte;
Rien ne peut retenir leur bras:
Mais, tu mis dans leur conscience
Un frein plus fort que leur puissance,
L'aspect d'un juge et du trépas.

B

CONTEMPLEZ ces loix si constantes,
Qui règlent tous les corps divers;
Et, des astres jusques aux plantes,
Ne font qu'un tout de l'univers.
Ainsi, mortels, tout ce qui pense,
Libre en sa noble dépendance,
Reconnoît une même loi.
Ordre moral, beauté suprême !
Princes, sujets, empires même,
Tous ne sont heureux que par toi.

———————

MAIS, quoi! tandis que, sur ma lyre,
J'ose, écho foible et languissant,
Répéter tes sons que j'admire ;
Dieu! quel contraste saisissant!
Tout s'émeut ; on craint ; on s'assemble;
Le trouble s'étend ; chacun tremble
Et pour la patrie et pour soi ;
La richesse a tari sa source ;
Sans or, sans crédit, sans ressource,
Tout gémit, le Peuple et le ROI.

O Necker ! quitte la retraite.
Il paroît : tout reprend l'essor ;
Tout revit ; l'ame satisfaite
Croit voir renaître l'âge d'or.
Tel, quand tout semble se dissoudre ;
Quand la nuit, l'orage et la foudre
Fondent sur l'homme épouvanté :
L'air s'éclaircit ; le ciel s'entr'ouvre ;
Et le soleil, qui se découvre,
Nous rassure par sa clarté.

Ou tel, un navire en détresse.
Erre autour d'un fatal écueil :
Le marin, frappé de tristesse,
Dans chaque flot voit son cercueil :
Tous déplorent leur infortune.
Mais, un favori de Neptune
Est vu parmi les passagers :
Un cri part ; sois notre pilote :
Il gouverne ; et le vaisseau flotte
Loin des écueils et des dangers.

B 2

QUEL transport public se déploie!
Par-tout, le voyageur surpris
Marche éclairé des feux de joie ;
Par-tout, l'allégresse et les cris.
Pour moi, rangé parmi les ombres,
J'allois descendre aux rives sombres :
Quel retour ! quels nouveaux destins !
L'éclair brille ; il saisit mon ame ;
Et le plaisir devint la flamme
Qui ranima mes sens éteints.

———————

LE laboureur, que tout condamne
A la crainte, au triste abandon,
Aujourd'hui, voit, dans sa cabane,
Rentrer l'espoir, ton premier don.
Le foible que la force opprime,
A ton nom seul qui le ranime,
Lève au ciel des yeux réjouis.
Tous à ton cœur semblent répondre ;
Et leurs vœux aiment à confondre
Ton nom et le nom de LOUIS.

Vois la dévorante corvée
Attrister Cérès et Thémis ;
Par-tout, l'industrie énervée ;
Les arts l'un de l'autre ennemis.
Vois nos ports, ouverts aux deux mondes,
Agiter vainement leurs ondes,
Jadis couvertes de vaisseaux.
Montre-toi ; brise un joug servile ;
Fais fleurir les champs et la ville ;
Féconde la terre et les eaux.

———————

Noble élite, brillante image [9]
D'un peuple aimable et valeureux !
Ce peuple, enfin, sous votre ombrage,
Va jouir du droit d'être heureux.
Fuis, vain orgueil, froid égoïsme.
Honneur, raison, patriotisme,
Réglez seuls les vœux, les projets.
Et que, sous l'œil de la prudence,
Necker maintienne la balance
Entre le Prince et les Sujets.

QUE vois-je ? de sa main frivole,
La satyre attaque ton nom !
Viens aussi ; monte au Capitole,
Comme jadis fit Scipion. [10]
Tu renchéris sur son exemple :
De son chef, quand il marche au temple,
Lui - même il juge ses vertus :
Mais c'est ton ROI, la France entière,
Qui te portent dans la carrière,
Devant tes rivaux abattus.

POURSUIS ; ajoute à ta victoire
Chaque jour des lauriers nouveaux.
Ou plutôt, couronne ta gloire
Par d'obscurs et rudes travaux.
Que d'autres, brillans dans la lice,
Légers, charmans, pleins d'artifice,
Triomphent, en perdant l'Etat :
TOI , par un contraste sublime,
Comble en silence leur abîme ;
Sauve la France, et fuis l'éclat.

JE vois ta Compagne adorée,
Digne émule d'un tel époux :
De leurs dons les Dieux l'ont parée ;
Sa vertu les ennoblit tous.
O tendre, ô vaste bienfaisance ! [11]
Riche, c'est sa magnificence ;
Belle, ce furent ses amours.
Ornez-la, palmes immortelles ;
Et que la santé, sur ses aîles,
Ramène pour toi ses beaux jours !

ET TOI, puissent les Dieux paisibles,
Le doux repos, l'espoir flatteur,
Alléger tes travaux pénibles ;
Te consoler de la grandeur !
ROI citoyen, sois son égide.
Défends-le de la main avide
Qui craint l'ordre, et cherche la nuit.
C'est au Dieu, qui veut la lumière,
A soutenir, dans sa carrière,
L'astre bienfaisant qui nous luit.

NOTES.

1 LE COMPTE RENDU, par M. NECKER, au commencement de 1781, prouve que les revenus annuels de l'État excédoient de quelques millions les dépenses ordinaires. L'énorme *déficit* qui existe aujourd'hui, est donc le fruit amer des sept années d'administration, qui se sont écoulées depuis la retraite de ce Ministre jusqu'à son rappel.

2 La République de Genève.

3 Un Gouvernement armé et indépendant, une Aristocratie militaire, ont pris la place, dans cette République, d'un Gouvernement mixte, tempéré par l'influence des Citoyens. La loi sous laquelle ils vivent aujourd'hui, est la loi du pouvoir absolu et de la contrainte.

4 On voudra bien pardonner la disparité un peu forte que semblent offrir ces trois vers : ce n'est qu'une opposition poétique, entre les services rendus par M. NECKER, et la révolution opérée, dans son pays, par les armes françoises.

5 L'*aigle* fait partie des armes de la République de Genève.

6 Le Traité *de l'Administration générale des Finances* ; Ouvrage qui est un recueil de bienfaits pour la France ; l'on peut presque dire, pour l'Europe entière.

7 On sait que ce héros pénétra les détours du labyrinthe de Crète, où le Minotaure se tenoit caché ; et qu'il immola ce monstre, pour mettre fin aux sacrifices des victimes qu'on lui dévouoit annuellement.

8 L'ouvrage *de l'Importance des Opinions Religieuses.* Cet écrit qu'on ne peut lire sans admiration, ni méditer sans devenir meilleur, est plein d'idées neuves et d'observations saillantes : c'est un des ouvrages de morale religieuse les plus profonds et les plus éloquens qu'on ait publié.

9 L'Assemblée des États-Généraux du Royaume.

10 On connoît le mot de cet illustre Romain, pour toute réponse aux accusations basses et injurieuses qui lui furent intentées devant le peuple : *Citoyens*, dit-il, *c'est à pareil jour que j'ai vaincu Annibal et les Carthaginois ; allons au Temple rendre aux Dieux de solemnelles actions de graces.*

11 Il s'agit, sur-tout, de l'Hospice de Charité fondé par Madame NECKER. L'administration de cet Hospice est un modèle d'ordre, de soins et d'économie bien entendue.